AF310608

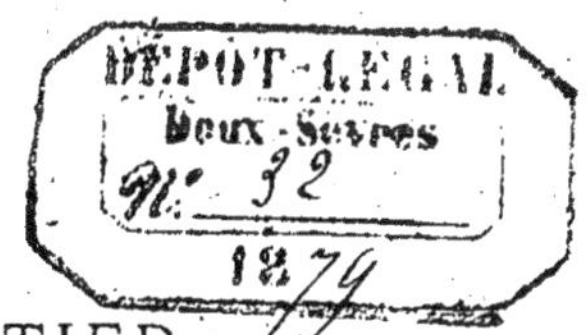

CHARLES CHARPENTIER

Larmes et Sourires

POÉSIES INTIMES

Vous souriez, moi je pleure :
Nous avons chacun notre heure.

A. MIGRENNE.

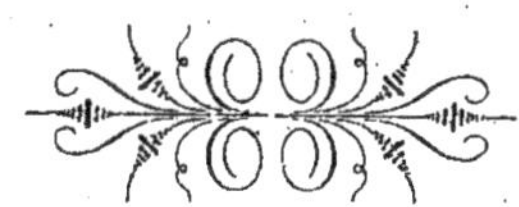

PARTHENAY

IMPRIMERIE DE PAUL BOURSON

Rue Bel-Ange, 5

1879

LARMES ET SOURIRES

POÉSIES INTIMES

LARMES ET SOURIRES

POÉSIES INTIMES

LA POÉSIE

A M. LUCIEN DUC

Faites excuse, ô grand Boileau,
Et vous tous, glorieux poètes ;
Si j'ose, moi, frêle roseau,
Comme vous, braver les tempêtes.
J'entends déjà du fond des bois,
Voulant m'élever sur ma tige,
La critique, terrible voix,
Qui vient me donner le vertige,

Car je n'ai point reçu du Ciel,
Cette inspiration secrète ;
Mais dans mon cœur, comme un doux miel,
Il coule une extase muette ;
Tenez, je le dis sans effroi,
Oui, bien sombre est mon existence,
Mais la Poésie est pour moi,
Consolation ! Espérance !

Elle nous montre la Vertu,
Ce guide du bonheur suprême,
Relève le cœur abattu,
Et de l'amitié c'est l'emblême :
Encor, dans nos transports d'amour,
S'il fait nuit au fond de notre âme,
Elle y projette son grand jour,
Éclairant les traits de la femme !

La Poésie est le concert
Mélodieux, divin, sublime,
De la forêt, du grand désert,
Du frissonnement de l'abîme ;
C'est le chant des petits oiseaux,
C'est la vague ondulante et claire,
C'est le zéphir dans les rameaux,
C'est le soleil qui nous éclaire !

C'est le flambeau plein de clarté,
Des enfants de Dieu sur la terre :
C'est la Vie et la Liberté,
Et du mourant c'est la prière,
C'est surtout le recueillement
De l'adoration divine,
Et de Dieu le rayonnement
Sous lequel tout homme s'incline.

LE SONNET DU LIVRE

A ALFRED MIGRENNE

l'auteur de *La Première Gerbe*

Un jour, près d'un ruisseau, derrière le village,
Je lisais ton beau livre encore méconnu ;
Je ne sais plus pourquoi, là, seul, j'étais venu,
Car c'était dans un lieu dont parlait une page.

Le ciel dont j'admirais le vaste échafaudage
Sur le cercle-horizon reposait soutenu,
Et Phœbus se voyant de l'été bienvenu
De mille rayons d'or veloutait le feuillage

Des oiseaux, le concert tendre et mélodieux
M'enchantait et semblait s'élever dans les cieux ;
C'est qu'il me rappelait le fond de ma lecture.

Comme mes yeux allaient de ta *Gerbe* aux moissons,
Je puisais, souriant, d'agréables leçons,
Et tes vers me charmaient autant que la nature.

LE MEUNIER SOLDAT

A MON AMI JULES COLLET

En voyant ce nuage
Vers mon pays s'enfuir,
Je pense à mon bel âge,
Au beau temps du plaisir ;
Cher et doux souvenir,
Qui vient s'évanouir
Presque dans l'esclavage !

Où donc est la rivière
Au murmure sans fin ;
Où donc est la meunière,
Et mon joli moulin
Qui par le gai refrain
De son tic-tac mutin,
Égayait la chaumière ?

Où donc est la verdure
Qui grimpait jusqu'aux toits !
Où sont de la nature

Les admirables voix
Que j'écoutais parfois ,
Au plus profond des bois ,
Dans une extase pure ?

Où donc est la prairie
Au tapis verdoyant ,
Où j'attendais Marie
Le cœur tout palpitant ?
Son regard si charmant
Souriait tendrement
A mon âme ravie.

Mais mon cœur est la proie
Du chagrin tout le jour ;
La douleur qui me broie
Me poursuit sans détour.
Dans ce triste séjour ,
Où trouver un amour
Pour me rendre à la joie ?

SI J'ÉTAIS PETIT OISEAU

A *****

Quand je les vois, les doux petits oiseaux,
Voler, chanter et sourire à leurs belles,
Oh ! je voudrais, jaloux d'instants si beaux
    Avoir aussi des ailes.

Dans cet espace, impossible à franchir,
Et qui nous tient séparés pour la vie
Je volerais en amoureux zéphir
    Jusqu'à toi, ma chérie.

Illusion ! qui caresse mon cœur,
Oh ! je pourrais, par ce bonheur extrême,
Indifférent à ce monde moqueur,
    Te dire alors : « Je t'aime ! »

Puis, souriant à l'espoir toujours beau,
Joie ineffable, ainsi, de vivre ensemble,
Ta blanche main serait le vert rameau
    De la feuille qui tremble.

Ton œil brillant serait mon ciel d'azur,
Tes beaux cheveux seraient mon nid de mousse,
Ton divin souffle embaumerait l'air pur
    D'une ivresse bien douce !

Et sur ton cœur, cet Eden radieux
Que je cherchais en vain dans cette vie,
Je goûterais le vrai nectar des dieux,
    L'enivrante ambroisie. -

Mais je ne puis ainsi me transformer ;
Ce n'est qu'un rêve, une douce espérance.
Hélas, mon Dieu, comment me résigner
    Devant cette évidence !

UN JOUR D'AUTOMNE

A BÉOR

l'auteur de *Printemps et Neiges*

Par un dernier beau jour, que la saison d'automne,
Entre deux aquilons, comme à regret nous donne,
Nous errions, Elle et Moi, dans des sentiers perdus
        Où nous nous étions attendus !

Une main dans sa main, l'autre entourant sa taille,
Je pressais tout ému son beau corps qui tressaille :
Sur ses cheveux d'ébène au parfum enivrant
        Je me penchais le front brûlant.

Parfois interrompant notre course lointaine,
Dans un ardent baiser j'aspirais son haleine ;
Puis après quelques mots dits et redits tout bas,
        Nous reprenions à petits pas.

Nos âmes rayonnaient dans cette extase pure
Et semblaient oublier tout, même la nature...
Le feu de son regard éblouissait mes yeux :
        Je ne voyais qu'Elle en ces lieux.

Pourtant, autour de nous, quel triste paysage !
Plus de fleurs, plus d'oiseaux, dans les bois plus d'ombrage !
Les feuilles sous nos pieds criaient : péché mignon !
     Le soleil était sans rayon.

Que nous faisait, hélas ! cette décrépitude,
Car ce que nous cherchions, dans cette solitude,
Nos bouches le taisaient, mais nos cœurs en retour
     Chantaient, ravis, l'hymne d'amour !

O douce illusion de l'heureuse jeunesse !
Tu captives le cœur, le plonges dans l'ivresse,
Avec toi point d'hiver, et toujours le printemps.
     Belle est la saison des vingt ans.

LE PORTRAIT D'UNE ENFANT

A Mlle GENEVIÈVE DE FOUCAULT

Portrait charmant, ô ravissante image,
En toi je vois un céleste visage.
  Comme l'aurore d'un beau jour
  Tu charmes mon humble séjour !

Tes yeux si purs, belle petite fille,
Sont des rayons de l'étoile qui brille...
  Dans ta noble immobilité,
  Je puise la félicité !

Aimable enfant, demain, loin du silence,
Tu grandiras dans l'austère opulence ;
  Et la grâce à ton front charmant
  Changera de rayonnement.

Puis, comme passe un fier courant de l'onde,
Tu m'oublieras, puissante dans le monde ;
  Seul, ton portrait si radieux
  Sourira toujours à mes yeux !

CHANT DE JEUNESSE

A EUGÈNE ENFONCE

Il est un temps où pour nous, ici-bas,
Tout à nos yeux rayonne d'espérance,
Où le flambeau qui dirige nos pas
Brille sur nous dans toute sa puissance ;
Vive lumière éloignant la douleur.
Nous ignorons et l'envie et la haine ;
Quand un soupir rend chagrin notre cœur,
Comme le vent, s'envole notre peine.

Notre beau ciel, riche par son azur,
Semble nous dire : « Enfants, sur cette terre,
« Pour bien jouir d'un bonheur vraiment pur,
« Aimez ! aimez ! voilà tout le mystère. »
Alors l'amour souriant à nos cœurs,
Fait apparaître une figure d'ange ;
Et nous sentons, sous ses beaux traits vainqueurs,
Dans nos transports, une harmonie étrange !

Comme la sève ardente du printemps,
L'ivresse coule en notre âme ravie ;
Espoirs, désirs, ineffables accents,
Flots entraînants, vous charmez notre vie!..
Cet âge d'or, si plein d'illusions,
Qui passe comme une rose éclatante ;
Ce beau soleil aux splendides rayons,
C'est la Jeunesse! une étoile filante!

Jeunes amis, chantez tous en ce jour,
Le temps heureux d'une belle jeunesse ;
Dont vous dota, de son divin séjour,
Le Dieu puissant, qu'il faut aimer sans cesse.
N'oubliez pas que la fleur de vos ans
Se fanerait à la moindre tristesse ;
Profitez-en, avant vos cheveux blancs,
Et sachez vivre avant votre vieillesse !...

LE MAITRE D'ÉCOLE

A M. LARCHET, INSTITUTEUR

Comme ce laboureur, qu'anime l'espérance,
Il sème dans l'esprit le grain de la science ;
Et l'homme du devoir, en son obscurité,
Fait briller sur le monde une immense clarté !

De ses beaux jours il fait presque le sacrifice :
Instruire des enfants, n'est-ce pas un supplice ?
Il faut en convenir, bien que tous soient charmants,
Mais Lui les voit petits et veut les revoir grands !

Toujours bon, patient, sous un visage austère,
De la troupe volage, il semble être le père ;
Comme tel, il voudrait — orgueil illimité —
Faire de chaque tête, une immortalité !...

Quels devoirs plus sacrés et tâche plus auguste
Que cet enseignement de l'utile et du juste
Qui forme et grandit l'homme en donnant la raison,
Puis ouvre à la pensée un plus vaste horizon !

Soldat impétueux, il combat l'ignorance,
De sa lutte, dépend l'avenir de la France :
Il achève, embellit un chef-d'œuvre de Dieu !
Du char Humanité, c'est lui le grand Essieu !

Et puis, un soir, il meurt sans atteindre à la gloire,
Et passe indifférent, méconnu de l'histoire :
Seuls, les petits enfants, dont il fut précepteur,
Gardent son souvenir, vivant au fond du cœur !...

LA DERNIÈRE EMBUSCADE

1870-1871

A LA MÉMOIRE DE MON FRÈRE

C'est un lion qui se tient en attente,
Prêt à bondir, de vengeance altéré,
Ce franc-tireur blotti dans un fourré,
L'oreille au guet, le doigt sur la détente !
Là, devant lui, les Prussiens vont passer ;
Déjà, sur eux, il voudrait s'élancer,
Mais rien encor ! — « L'avant-garde est bien lente ! »

D'un coup d'œil vif, il sonde le chemin,
Quand pourra-t-il assouvir sa colère ?
Reptile humain, il rampe sur la terre ;
Un bruit confus arrive à lui, soudain.
Il se redresse, alors son front rayonne,
Ah ! c'est qu'il voit une forte colonne
De cavaliers s'avancer au lointain.

Oui, ce sont eux ! — la cohorte sauvage
Est reconnue à ses casques pointus
Et par ses chants menaçant les vaincus.

Le franc-tireur la regarde avec rage.
Mais à l'aspect de ses groupes nombreux,
Des lourds canons qu'ils traînent après eux,
Il sent, hélas, s'épuiser son courage.

Un contre mille ! ô spectacle accablant !...
La veille au soir, le cœur gonflé de haine,
Ils étaient là, les Français, cent à peine ;
Dans un combat, téméraire et sanglant,
Ils sont tombés en vaincus héroïques.
Et de ces preux, dignes des temps antiques,
Lui, restait seul, glorieux survivant !

— A Mort ! crie-t-il d'une voix de tonnerre,
Puisse ma balle atteindre les derniers ! —
Les Allemands surpris sont effrayés
Au coup de feu parti de dessous terre.
Un colonel est frappé le premier.
— En avant ! hurle un' tout jeune officier. —
Mais quatre, cinq, roulent dans la poussière.

Les ennemis, comme de noirs vautours,
Tout aussitôt chargent dans la broussaille,
Ce n'est qu'ainsi qu'ils se sentent de taille,
Les vils humains, à défendre leurs jours.
Mais on entend : « Pour la France !... ma mère !... »
Du franc-tireur, close était la paupière,
Et les bandits frappaient, frappaient toujours !

TRISTESSE

A MA BONNE MÈRE

Voyez-vous cet enclos, là-bas, près du village,
Qui ne le reconnaît au modeste entourage,
Pour qui tous les regards des hommes sont pieux,
Au sombre et grave aspect qu'il présente à nos yeux,
Au ténébreux ombrage et plein de solitude,
Où souffle, du repos, la douce quiétude ?...
Mais vous m'avez compris ; vos yeux sont humectés :
Le trépas a sur nous des droits incontestés.
C'est le triste jardin, où chaque fleur rappelle,
A nos cœurs éprouvés, l'émotion cruelle,
Où les arbres, témoins de nos grandes douleurs,
Me semblent, de ces lieux, les éternels veilleurs !

Ainsi le noir cyprès qui s'élève immobile
Et qui nous dit à tous que la vie est fragile,
Semble vouloir porter la prière du cœur
Que tout homme, à ses pieds, adresse au Créateur ;
Puis le saule-pleureur que la brise caresse,
Et dont le penchement éveille la tristesse,

Semble nous appeler sous ses sombres rameaux,
Pour pleurer ceux qui sont couchés dans les tombeaux !
Arbre mystérieux ! ò funèbre symbole !
A ton ombre souvent on pleure, on se console.
N'es-tu pas, en effet, le gardien de la mort,
Qui gémit, fatigué sous le poids de son sort ;
Avec mélancolie incliné vers la terre,
Tu recouvres ce champ d'un voile funéraire !

Quand ces froids compagnons, vivants inanimés,
Nous parlent de tous ceux que nous avons aimés,
Nos cœurs qui, du futur, se font les interprètes,
Se ressentent toujours de leurs douleurs muettes !

RÉSIGNATION

A MM. A. MIGRENNE ET L.-J. BÉOR.

Mon Dieu ! si je pouvais en notes cadencées,
En vers harmonieux exprimer mes pensées,
  Et dire ce que je ressens ;
A moduler des sons, je passerais ma vie,
Car tout en moi, n'est rien qu'Amour et Poésie :
  Doux et purs seraient mes accents !

Chanter ! être poète ! avoir cette puissance
D'interpréter ta voix, ô grande Providence !
  De faire un hymne au Créateur !
De montrer aux humains, par des chants de tendresse,
Qu'ils doivent tous s'aimer et s'entr'aider sans cesse :
  Serait-il un plus grand bonheur ?

Mais du mont des neuf sœurs, au langage sublime,
Je suis trop faible, hélas, pour atteindre la cîme,
  Je le sens bien à mes efforts ;

Je laisse cette gloire aux enfants de la lyre,
A ces chanteurs féconds que Musagète inspire,
　　Par de grands et nobles transports !

Aussi, puisqu'à rimer, ma plume se refuse,
Je me contenterai de lire votre muse,
　　A vous Migrenne, à vous Béor.
Vos poèmes touchants, enivrent d'un grand charme
Et sur eux, j'ai versé souvent plus d'une larme.
　　O poètes ! chantez encor !

CHARLES CHARPENTIER.

BRUYÈRES, ... 1878.

FIN

TABLE DES MATIÈRES

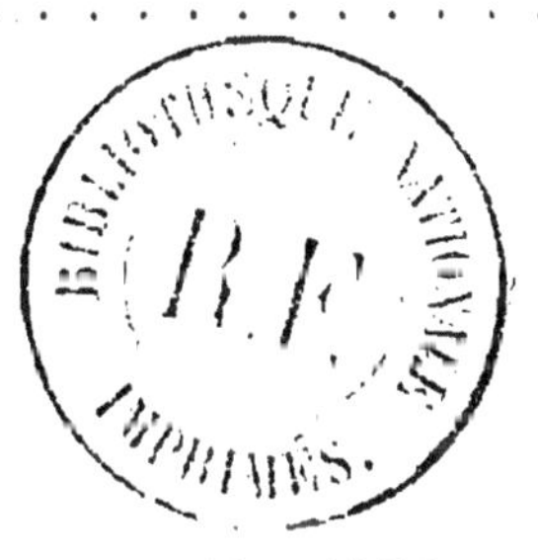

EN PRÉPARATION :

Au jour le jour, par L.-J. Béor.

Reflets et Coloris, par A. Migrenne.

9 782019 655761